8 Avril 1896.

P

VENTE

DES MERCREDI 8 ET JEUDI 9 AVRIL 1896

HOTEL DROUOT, SALLE N° 6

COLLECTION DE FEU M. LE BARON DE X***

TABLEAUX MODERNES

ET ANCIENS

OBJETS D'ART

ET

D'AMEUBLEMENT

EXPOSITION PUBLIQUE

LE MARDI 7 AVRIL 1896

COMMISSAIRE - PRISEUR

Mᵉ PAUL CHEVALLIER

10, rue de la Grange-Batelière, 10

EXPERTS

Pour les Tableaux	*Pour les Objets d'art*
M. E. FÉRAL, peintre	**MM. MANNHEIM Père & Fils**
54, Faubourg-Montmartre, 54	7, rue Saint-Georges, 7

IMPRIMERIE DE L'ART

CATALOGUE

DES

TABLEAUX MODERNES

DES ÉCOLES

FLAMANDE, HOLLANDAISE, ALLEMANDE & FRANÇAISE

Quelques Tableaux anciens

OBJETS D'ART

ET

D'AMEUBLEMENT

Boîtes en or émaillé et autres du XVIIIe siècle

Nombreuse Orfèvrerie allemande

JOLIES MINIATURES

BRONZES D'ART, SCULPTURES

Objets variés

MEUBLES ANCIENS ET MODERNES

*Formant la Collection de feu M. le baron de X****

ET DONT LA VENTE AURA LIEU

HOTEL DROUOT, SALLE N° 6

Les Mercredi 8 et Jeudi 9 Avril 1896

A DEUX HEURES

COMMISSAIRE-PRISEUR

Me PAUL CHEVALLIER

10, rue Grange-Batelière, 10

EXPERTS

Pour les Tableaux :	*Pour les Objets d'Art :*
M. E. FÉRAL, peintre	**MM. MANNHEIM Père et Fils**
54, Faubourg-Montmartre, 54	7, rue Saint-Georges, 7

EXPOSITION PUBLIQUE

Le Mardi 7 Avril 1896, de 1 heure 1/2 à 5 heures 1/2

CONDITIONS DE LA VENTE

Elle sera faite au comptant.

Les acquéreurs payeront *cinq pour cent* en sus des adjudications.

L'exposition mettant le public à même de se rendre compte de l'état et de la nature des objets, aucune réclamation ne sera admise une fois l'adjudication prononcée.

Paris. — Imp. de l'Art. E. MOREAU et Cⁱᵉ, 41, rue de la Victoire

DÉSIGNATION

TABLEAUX

ADAM (A.)

1 — *Chevaux dans un pré.*

Signé et daté 1818.

ADAM (A.)

2 — *Le Bivouac.*

Signé à droite.

ALTMANN

3 — *Touristes faisant halte devant une auberge.*

Signé et daté 1829.

BECKER (C.)

4 — *Le Départ pour la promenade.*

BECKER (C.)

5 — *Un Rendez-vous galant.*

Signé à gauche et daté 1860.

BELLANGER

6 — *La Toilette.*

BRAECKELER (F. DE)

7 — *Le Maître d'école.*

Il fait réciter une leçon à une fillette, tandis qu'un jeune garçon agenouillé est en pénitence.
Signé et daté 1850.

BRILLOUIN (G.)

8 — *La Lecture de la gazette.*

Quatre personnages dans un intérieur ; l'un d'eux, un vieillard, lit un journal, les autres fument et boivent en l'écoutant.
Signé à gauche.

BRILLOUIN (G.)

9 — *Une Réunion au cabaret.*

Un artiste dessine en discutant avec quatre personnages qui boivent et fument autour d'une table.
Signé à droite et daté 62.

BROCHART

(Deux pendants.)

10 — *Jeanne d'Arc.*

11 — *Jeanne Hachette.*

Pastels de forme ovale.
Signés.

BROCHART

12 — *Jeune fille faisant de la dentelle.*

Pastel de forme ovale.
Signé.

BROCHART

13 — *Jeune femme assise avec des fleurs dans les cheveux.*

Pastel de forme ovale.
Signé.

CARAUD (J.)

14 — *La Demande en mariage.*

Une dame âgée lit une lettre qu'un jeune homme vient de lui apporter.
Une jeune fille assise auprès d'elle fait de la broderie.
Signé à gauche et daté 1850.

CAROLUS (J.)

15 — *La Confidence.*

Une jeune femme assise sur un canapé lit une lettre à une de ses amies.

Un jeune homme debout, derrière un paravent, les écoute.

Signé à gauche et daté 1859.

COULON (L.)

16 — *La Piqûre.*

Un jeune homme panse le doigt d'une jeune femme qui s'est piquée en faisant de la tapisserie.

Signé à gauche.

DAVID COL

17 — *Le Retour du chasseur.*

DE BLOCK

18 — *Les Politiques de village.*

Ils sont assis autour d'une table, fumant et lisant.

Signé à droite.

DE BLOCK

19 — *Philosophe lisant devant une fenêtre, appuyé sur une table où il a posé son livre.*

DE DREUX-DORCY

20 — *Jeune fille en buste.*

DE DREUX-DORCY

21 — *Portrait de jeune fille.*

Pastel de forme ovale.

DE LACROIX (A.)

22 — *Femme de pêcheur.*

Assise sur des rochers avec sa fillette.
Signé à droite.

DE LOOSE

23 — *L'École.*

DE NOTER (D.)

24 — *Les Lessiveuses.*

A la porte de leur chaumière, elles sont debout
appuyées sur leur baquet.
Différents objets de cuisine sont posés à terre.
Signé au centre.

DEVEDEUX

25 — *Gentilhomme écoutant une jeune
femme qui pince de la mandoline.*

DROOGSLOOT

26 — *Entrée de village.*

Des paysans causent, boivent et jouent sur une place bordée de chaumières hollandaises.

FAUVELET (J.)

27 — *Un Artiste dans son atelier.*

Il montre à deux gentilshommes un tableau posé sur un chevalet.
Signé.

FAUVELET (J.)

28 — *Les Amateurs d'estampes.*

Trois gentilshommes assis auprès d'une table examinent des gravures qu'ils retirent d'un portefeuille.
Signé.

FENDI (Pierre)

29 — *L'Amour maternel.*

Dans un intérieur modeste, une jeune femme joue avec son enfant.
Les jouets du bébé sont à terre.
Dans le fond, un poêle que surmonte une statue de Vénus accroupie.
A droite, un paravent cache le berceau de l'enfant.
Charmant et spirituel petit tableau.
Signé : Fendi et daté 1834.

FICHEL

30 — *Le Notaire dans son étude.*

FICHEL

31 — *Les Liseurs.*

FICHEL

32 — *Le Cabaretier.*

> Il vient prendre les ordres d'un groupe de gen-
> tilshommes assis autour d'une table.
> Signé à gauche et daté 1862.

FLEISCHMANN (A.)

33 — *La Soubrette.*

> D'après Vidal.
> Pastel.

FLEISCHMANN (A.)

34 — *Portrait de la femme du peintre Denner.*

> D'après Denner.
> Pastel.

FLEISCHMANN (A.)

35 — *Portrait du peintre Denner, d'après lui-même.*

Pastel.

FRAGONARD (Attribué à H.)

(Deux pendants.)

36 — *Le Moulin à eau.*

Il s'élève sur un monticule entouré de grands arbres.

Au premier plan, un pêcheur retire ses filets ; à droite, une paysanne assise allaite son enfant pendant qu'une fillette lui présente un bouquet de fleurs ; à gauche, deux vaches et une chèvre viennent se désaltérer au bord de la rivière.

37 — *Les Ruines.*

A droite, sur un côteau, elles dominent un paysage accidenté inondé de soleil.

Au premier plan, une paysanne lave du linge dans un cours d'eau à l'entrée d'une voûte ; à gauche, un berger conte fleurette à une bergère à qui il va offrir une couronne, près d'eux un pâtre conduit un troupeau de moutons.

Signés et datés 1776.

Ces deux charmants tableaux, d'une tonalité claire et lumineuse, pourraient être de la première manière de Fragonard ; ils rappellent beaucoup les œuvres de Boucher, son maître.

FRÈRE (Th.)

38 — *Campement arabe, au soleil couchant.*

Signé à gauche.

GÉRARD (Th.)

39 — *Combat de coqs.*

Signé et daté 1862.

HAMMAN

40 — *Charles IX et Ronsard.*

Le poète soumet au roi une pièce de vers.
Signé à gauche et daté 1849.

HAMMAN

41 — *Famille vénitienne.*

Signé à gauche et daté 1854.

HAMME (H. V.)

42 — *La Marchande de volailles.*

Elle est dans une cour hollandaise offrant un pou-
let à une ménagère qui porte un panier de fruits.
Signé et daté 1848.

HEYLIGERS (A.)

43 — *La Cuisinière endormie.*

Signé à gauche et daté 1861.

HUNIN

44 — *Le Vieux Galant.*

Signé.

HUNIN

45 — *La Lecture de la Bible.*

ISABEY (Eug.)

46 — *Plage normande.*

Un bateau de pêche est échoué sur le sable, chargé de barriques et de filets.

Des poissons sont jetés sur la grève.

Une fillette, debout, tient une corbeille sous son bras. Des vagues houleuses se détachent sur un ciel orageux.

Vers le fond, un phare domine des récifs escarpés.

Très bon tableau, de la première manière du maître.

Signé à gauche.

KAORCHER (Amalia)

47 — *Fleurs et fruits.*

KEYSER (Nicaise de)

48 — *Le Dante, exilé de Florence, se présente à la porte d'un couvent pour y demander asile.*

Œuvre importante de l'artiste. Figures de grandeur naturelle,

KOEKKOEK (B. C.)

49 — *Le Château de Clèves.*

Au centre du tableau, placé sur un rocher qu'entoure un cours d'eau, il se détache, sur un ciel chaud et vaporeux; un peu sur la droite, un chemin sinueux que suit une paysanne montée sur un âne, et un berger conduisant une vache et une chèvre. Vers le fond, un aqueduc éclairé par les rayons du soleil couchant.

A droite, des rochers couverts d'arbres et de broussailles.

Signé **B. C. Koekkoek, 1859.** Les figures semblent être d'Eugène Verboeckhoven.

KOLLER (G.)

50 — *Faust et Marguerite.*

Signé à droite et daté 1863.

LUCKX (F.)

51 — *La Marchande de poissons.*

Signé à droite et daté 1844.

MADOU

52 — *Intérieur hollandais.*

Groupe de villageois causant et riant pendant
qu'un jeune garçon saisit le bonnet d'un paysan.
Signé et daté 1840.

MONFALLET

53 — *Le Marchand d'étoffes.*

MUSIN

54 — *La Promenade en mer.*

Un bateau de plaisance tire des salves.
Signé à droite.

M. C. (1832)

55 — *Un Étang, dans un paysage boisé.*

OOSTERHOUDT (Van)

56 — *Animaux au repos, au bord d'une rivière.*

PEGOT

57 — *Jeune Femme tenant un bouquet de bleuets.*

Pastel de forme ovale.
Signé.

PLASSAN

58 — *La Lecture d'un roman.*

Signé à droite.

ROBERT-FLEURY

59 — *Galilée.*

ROBBE ET DE BLOCK

60 — *Petits Bergers gardant des moutons.*

ROCHUSSEN

61 — *Régates aux environs d'Amsterdam.*

Signé à droite et daté.

SCHELFHOUT (H.)

62 — *L'Hiver en Hollande.*

De nombreux personnages patinent ou se promènent avec des traineaux sur un canal glacé et vivement éclairé par le soleil couchant.

A gauche, une maison de villageois auprès d'un moulin. A droite, au second plan, une petite ville entourée de remparts.

Signé à gauche et daté 1840.

⁎⁎

SCHELVER (R.)

63 — *Bords de rivière.*

**Des soldats ont conduit des chevaux à l'abreuvoir ;
des femmes lavent du linge. Plus loin, des villageois
transportent des bestiaux sur un bac.
Signé et daté 1835.**

SCHOUMANN (M.)

(Deux pendants.)

64 — *Marines avec bateaux à voiles.*

SCHUTZENBERG

65 — *Le Héleur.*

Signé à gauche.

SEGHERS

66 — *La Lettre attendue.*

SERRURE

67 — *Le Jour du fermage.*

SERRURE

68 — *Le Liseur.*

SCHLEISNER (C.)

69 — *Le Sommeil de la grand'mère.*

SPRINGER

70 — *Vue d'une ville de Hollande.*

A gauche, une église.
Au premier plan, des marchands ambulants.

STEVENS (Joseph)

71 — *Dogue et Griffon.*

Signé à gauche.

TENKATE (H.)

72 — *Une élégante société réunie dans un salon : les uns chantent, les autres jouent aux cartes, pendant qu'un gentilhomme dessine.*

A gauche, un groupe en marbre représentant Jupiter et Léda.
Signé et daté 1851.

TENKATE (H.)

73 — *Intérieur de corps de garde.*

Signé à droite et daté 1857.

TRAYER (J.)

74 — *Paysanne bretonne agenouillée dans une église et faisant sa prière.*

Signé à gauche.

TSCHAGGENY (Ch.)

75 — *Artiste faisant une étude de cheval à l'entrée d'une écurie.*

Signé et daté 1850.

TSCHAGGENY (Ch.)

76 — *La Route du village.*

La femme, tenant son enfant, est montée dans la voiture traînée par quatre chevaux.
Signé et daté 1852.

VAN HOVE

77 — *Le Marchand d'images.*

VAN OS (P.)

78 — *Bergers et Animaux au repos dans une plaine.*

Signé et daté 1834.

VAN OS (P.)

79 — *Animaux à l'abreuvoir.*

Signé et daté 1835.

VERHEYDEN (F.)

80 — *Le Fumeur.*

Signé en haut, à droite, et daté 1853.

VERLAT (C.)

81 — *Chien rapportant un canard.*

Toile de forme ovale.
Signé à droite.

VERLAT (C.)

(Pendant du précédent.)

82 — *Chien poursuivant une bécasse.*

Toile de forme ovale, signée à gauche.

VERLAT (C.)

83 — *Le Renard et les Raisins.*

VERVER ET WILLEMS

84 — *Vue de Hollande.*

Marine avec bateaux et nombreux personnages.

WALDORP (A.)

85 — *Marine hollandaise.*

Avec canots remplis de villageois et bateaux à voiles.

VERMEERSCH (J.)

86 — *Place de marché dans une ville d'Allemagne.*

Signé et daté 1844.

WILLEMS (F.)

87 — *Atelier de Michel-Ange.*

Signé à gauche et daté 1852.

WOUTERS (Constant)

88 — *Jeune femme achevant sa toilette.*

Signé à droite.

WOUTERS (Constant)

89 — *Le Jeu de Colin-Maillard dans le parc de Versailles.*

Signé.

ECOLE FRANÇAISE

90 — *Jeune femme lisant une lettre.*

91 — *Jeune fille en toilette du matin.*

92 — *Jeune femme les mains dans un manchon.*

93 — *Jeune fille en toilette décolletée.*

Quatre pastels.

ÉCOLE ITALIENNE

94 — *L'Assomption de la Vierge.*

DÉSIGNATION DES OBJETS

BOITES EN OR ÉMAILLÉ ET AUTRES

95 — Boîte ovale, du temps de Louis XVI, en or émaillé, à fond blanc et quadrillages en dorure dans le goût de Coteau; le dessus de la boîte est bordé d'un rang de demi-perles et présente à son centre un médaillon ovale peint sur émail représentant deux nymphes interrogeant un oracle et entouré de demi-perles.

96 — Boîte ovale, du temps de Louis XVI, en or guilloché émaillé bleu avec guirlandes et bouquets de fleurs rapportées en or; elle est enrichie de cordons de feuillages ciselés en relief et émaillés vert avec rehauts de points d'émail blanc. Elle présente sur le couvercle une peinture sur émail de forme ovale, qui offre un sujet tiré de l'Histoire romaine.

97 — Boîte oblongue à angles coupés, montée à
cage en or ciselé à rocailles ; le dessus et le
fond sont formés de plaques d'émail à fond bleu
décorées de jeux d'enfants en couleurs, attribuées
à Coteau. Le pourtour est en émail bleu uni.

98 — Boîte ovale en mosaïque de Neuber, exécutée
en agates, jaspes et cornalines de diverses couleurs ; le dessus est enrichi d'un médaillon
ovale représentant le portrait supposé du roi
de Saxe, Auguste III. La gorge porte l'inscrip-
tion gravée : *Neuber, à Dresde.*

99 — Boîte oblongue à angles coupés en or émaillé
bleu et noir avec rosaces, feuilles et ornements
gravés réservés en partie sur fond d'émail noir.
Le dessus présente un sujet biblique à cinq
personnages.
Travail de Genève, de la fin du xviiie siècle.

100 — Boîte plate oblongue à angles arrondis en
or gravé et émaillé bleu et violet sur fond guilloché. Le dessus est formé d'une peinture sur
émail représentant Solon expliquant ses lois.
Travail de Genève, de la fin du xviiie siècle.

101 — Boîte ovale, en or guilloché, ornée sur le

dessus du portrait peint sur émail de Frédéric III, roi de Danemark et de Norvège.

102 — Boîte ovale en or guilloché et émaillé vert, de style Louis XVI, avec cordons et pilastres émaillés blanc et rouge. Le dessus est orné d'une peinture sur émail représentant Euterpe et des amours.

103 — Boîte oblongue en or, à dessins symétriques pavés de turquoises serties en argent.

104 — Boîte oblongue à angles arrondis en ancienne porcelaine de Saxe, décorée de jeux d'enfants en des paysages. Elle est montée à gorge à charnière en or gravé.

105 — Boîte oblongue à pourtour profilé en ancienne porcelaine du Saxe, décorée de jetés de fleurs encadrées d'ornements gaufrés en relief. A l'intérieur du couvercle : Vénus et l'Amour dans un paysage.

106 — Boîte oblongue en émail de Saxe avec peinture à l'intérieur du couvercle représentant deux personnages vus à mi-corps. Monture en argent doré et émaillé.

107 — Boîte oblongue en émail de Saxe simulant
une enveloppe de lettre sur laquelle on lit : *A
Monsieur, Monsieur L'Eveillé, aussy sensible que
volage à Dresden*. On lit à l'intérieur du couvercle : *Votre Belle vous croit volage et c'est de quoy
elle enrage*.

MINIATURES ET PEINTURES

BALBI (LOREREO)

108 — Grande et belle miniature représentant deux
princes de la Maison d'Autriche au XVIIIe siècle.
Ils sont représentés debout, se donnant la main
et l'un d'eux s'appuie sur une statue de Minerve
assise. Elle est signée : *Lorereo Balbi, presso
Battoni in Vienna*, 1776. Cadre en bronze doré
à perles et rosaces, surmonté d'un ruban.

109 — Miniature faisant pendant à celle qui précède
et représentant également deux princes de la
Maison d'Autriche.

INCONNU

110 — Portrait du grand Frédéric ; miniature ovale
sur ivoire.

111 — Portrait de l'empereur Joseph d'Autriche ;
miniature ovale sur ivoire.

112 — Portrait du général Landon ; miniature ovale
sur ivoire.

113 — Portrait du feld-marshall Nadaschdy ; miniature ovale sur ivoire.

114 — Portrait du feld-marshall Daun ; miniature
ovale sur ivoire.

INCONNU

115 — Petite miniature oblongue en hauteur : portrait de Rubens.

INCONNU

116 — Médaillon ovale peint sur porcelaine et représentant Latone vengée par le ciel. Cadre
doré.

INCONNU

117 — Scène d'intérieur à deux personnages. Peinture sur porcelaine.

SICARDI (Attribué à)

118 — Portrait de jeune femme de face, vêtue de blanc avec écharpe violette.

119 — Six peintures sur verre du xviiie siècle représentant des sujets bibliques dans des cadres sculptés et dorés.

SOCOLOFF

120 — Miniature ovale représentant le portrait d'Alexandre Ier de Russie (?). Cadre en bronze doré.

ORFÈVRERIE

121 — Petit groupe formant presse-papier, en or repoussé : Androclès et le lion ; sur socle en or et malachite.
Travail russe.

122 — Plat ovale en argent repoussé, offrant au fond une figure de femme à laquelle un enfant présente une corbeille de fruits ; à la chute et au marli, riche décor d'entrelacs et de coquilles.
Allemagne, xviie siècle.

123 — Plat ovale en argent repoussé. Au fond, le paysage de la mer Rouge. Au marli, couronne de fleurs et fruits.

Allemagne, XVIIe siècle.

124 — Grand vase couvert, de style Renaissance, en argent repoussé, à figures et ornements, enrichi de parties émaillées et de figurines en relief. Le couvercle est surmonté d'un petit navire émaillé.

Travail allemand.

125 — Vase en forme de corne à boire en argent repoussé, supporté par une statuette de Neptune, qui repose sur une base ornée de figurines en ronde bosse.

Travail allemand.

126 — Drageoir formé d'un ours et d'un tronc d'arbre, en argent repoussé, sur base décorée de feuillages en relief.

Travail allemand.

127 — Drageoir en forme de char monté sur quatre roues, en argent repoussé, à cariatides, mascarons et ornements. Il est surmonté d'un groupe composé d'enfants et d'un bouc couché. L'at-

tache du timon est formée d'un groupe de satyre et d'enroulements.
Travail allemand.

128 — Très grand vidercome en argent repoussé, décoré au pourtour d'une bacchanale en relief. L'anse ornée est surmontée d'une coquille qui sert d'attache au couvercle, lequel est formé lui-même d'un repoussé à figures.
Travail allemand.

129 — Encrier formé de trois récipients, dont deux couverts, en argent repoussé, reposant sur des dragons ailés. Sa face principale est ornée d'un groupe qui représente saint Georges terrassant le dragon.
Travail allemand.

130 — Deux vases à panse évasée en argent repoussé, à sujets champêtres, rinceaux et mascarons. Ils sont garnis de deux anses à rinceaux et cariatides.
Travail allemand.

131 — Deux drageoirs formés chacun d'une statuette de paysan sur base à rinceaux. Argent repoussé.
Travail allemand.

132 — Deux drageoirs formés, l'un d'une femme pinçant de la harpe, l'autre d'un personnage tenant un cahier, en argent repoussé, sur socles décorés de têtes de satyres et de guirlandes de fruits en relief.
Travail allemand.

133 — Drageoir en argent repoussé, formé d'une statuette de pêcheur tenant un panier. Base décorée de plantes marines, sur laquelle reposent également divers ustensiles de pêche.
Travail allemand.

134 — Porteur de hotte. Drageoir en argent repoussé, sur base ovale décorée de petits animaux.
Travail allemand.

135 — Vase cylindrique couvert et à anse en argent repoussé, à sujet dans le goût de Teniers et ornements.

136 — Vase cylindro-cônique sur pied à nœud et à couvercle. Sa panse est décorée de figures bibliques et d'animaux.
Travail allemand.

137 — Vase analogue en argent repoussé, décoré

au pourtour de divinités marines. Le culot
présente des têtes de satyres en relief.
Travail allemand.

138 — Autre vase en argent repoussé, à entrelacs
et feuillages et à culot orné de cariatides
ailées.

139 — Drageoir en argent repoussé formé d'un
singe assis, sur socle à gorge.
Travail allemand.

140 — Deux flambeaux en argent repoussé et ciselé, à base décorée de fruits, et tige ornée d'une
figurine et de feuilles ornées.
Travail allemand.

141 — Vase à panse ovoïde en argent repoussé,
décoré du jugement de Salomon. Le pied est
orné d'une figurine de femme accroupie.
Travail allemand.

142 — Vidrecome en argent repoussé, offrant au
bas-relief le sujet de Persée délivrant Andro-
mède.
Travail allemand.

143 — Vidrecome en ivoire sculpté en bas-relief et

décoré d'une bacchanale ; il est monté en argent repoussé avec anse ornée d'une cariatide et le couvercle est surmonté d'une figurine d'enfant.

Travail allemand.

144 — Drageoir en argent formé d'une autruche debout.

Travail allemand.

145 — Vase cylindrique en argent repoussé, à ornements, cariatides et armoiries. Le couvercle est surmonté d'une figurine équestre.

Travail allemand.

146 — Déjeuner en argent repoussé, à sujets dans le goût de Watteau et ornements. Il se compose d'un plateau ovale à deux anses, de deux petites cafetières, d'un sucrier en forme de boîte et de deux cuillers.

147 — Plateau oblong à quatre lobes en écaille, garni d'une monture en argent, composée d'une moulure ajourée de style chinois, de quatre dragons ailés formant pieds et de deux figurines de Chinois et de Chinoises servant d'anses.

148 — Plateau oblong en argent repoussé, à figures

et guirlandes, et à deux anses têtes d'enfants.
Au fond, deux personnages dans une barque.
Travail allemand.

149 — Plateau en argent repoussé, à bords en-
roulés et pieds à cariatides ailées. Il est décoré
du Triomphe d'Amphitrite.
Travail allemand.

150 — Plateau trilobé et à ressauts bombés en
argent repoussé, à groupes de fruits, cariatides
ailés et, au centre, figures de Diane et Endy-
mion.
Travail allemand.

151 — Nef de style gothique, avec clochetons, servant de support à un miroir ovale, le tout en
argent doré en partie.
Travail allemand.

152 — Vase ovoïde en argent repoussé, à figures
et rinceaux, et à anse mobile placée à la partie
supérieure du vase.
Travail allemand.

153 à 156 — Six petites coupes à vin en argent

repoussé, à personnages et animaux, et à deux petites anses à cariatides.

Travail allemand.

Ce lot sera divisé.

157 — Boîte oblongue et lobée en argent repoussé, à personnages, paysages et ornements; le couvercle est surmonté d'un chien.

158 — Grande buire en argent, de style Renaissance, décorée de mascarons et de rinceaux feuillagés repercés à jour sur fond doré.

159 — Six couverts (cuillers, fourchettes et couteaux), à manches en porcelaine décorée sur fond d'or, montés en argent ciselé et doré, avec anneaux émaillés·

160 — Dix-huit couverts (cuillers, fourchettes et couteaux), en argent gravé et ciselé. Les manches sont composés de figures d'enfants et de feuillages.

Travail allemand.

161 — Cuiller en argent niellé de Toula.

PORCELAINES

162 — Six assiettes en porcelaine de Sèvres du temps de l'Empire, à sujets variés : la Jardinière, d'après Raphael ; Sacrifice à Esculape, etc. Au marli, palmettes dorées ton sur ton.

163 — Deux grands vases, genre Saxe, à deux anses dauphins, et à couvercles, décorés de sujets de chasse, encadrés de dorures et portant sur une de leurs faces les armes de France et de Navarre, surmontées de la couronne royale.

164 — Neuf assiettes à bords festonnés, en porcelaine de Saxe surdécorée : oiseaux et insectes.

165 — Dix assiettes de même porcelaine ; au centre, sujet Watteau ; au pourtour, bouquets de roses sur fond caillouté d'or.

166 — Dix autres assiettes de même porcelaine, à sujets champêtres et imbrications sur fond vert ; fleurs et rubans au marli.

167 — Dix assiettes en porcelaine de Saxe sur-

décorée, à sujets de personnages et marli
ajouré rehaussé de dorures, avec médaillons de
fleurs réservés.

168 — Douze assiettes en porcelaine genre Sèvres,
décorées de sujets de batailles, avec réserves
de paysages au marli, dont les entredeux sont
décorés de dorures sur fond bleu.

169 — Tête-à-tête en porcelaine moderne de Sèvres,
décoré hors la manufacture de sujets champêtres ; dans une boîte en bois de chêne.

BRONZES D'ART ET D'AMEUBLEMENT

170 — Grande pendule composée d'un groupe de
deux Parques en bronze, sur socle en marbre
griotte et bronze doré. De chez Barbedienne.

171 — Deux lampes montées dans des vases en
bronze d'après l'antique, sur socles en marbre griotte. De chez Barbedienne.

172 — Le Penseur. Statuette en bronze d'après
Michel-Ange, sur socle en marbre griotte. Sor-
tant des ateliers de *Barbedienne*.

173 — Statuette équestre de Guillaume le Taciturne, par *E. de Nieuwerkerke*. Réduction en bronze sur socle en bois noir, portant des écusssons armoriés en relief.

174 — Deux statuettes en bronze : Charles le Téméraire et Jean sans Peur.

175 — Deux autres : arquebusier et hallebardier.

176 — Groupe en bronze : le Taureau Farnèse. Patine brun clair.
     Travail italien.

177 — Statuette de Pandore, par *J. Salmson*, sur socle noir. Bronze à patine brun clair.

178 — Presse-papier en marbre, servant de base à une statuette de guerrier en bronze.

179 — Deux girandoles à six lumières, en bronze doré et à bases triangulaires ornées de trois figurines d'anges assis.

180 — Lustre en bronze doré de style Renaissance, à vingt-quatre lumières.

181 — Garniture de cheminée composée de cinq

pièces en porcelaine à fond bleu turquoise, montées à cariatides en bronze doré ; elle se compose d'une pendule, de deux candélabres et de deux flambeaux.

182-183 — Quatre vases en porcelaine bleu turquoise à médaillons à personnages, fleurs et portraits ; ils sont garnis de montures en bronze.

OBJETS VARIÉS

184 — Bois. Deux hauts-reliefs de travail suisse représentant des scènes de la vie privée à deux et à trois personnages. Cadres en bois sculpté, à fleurs et ornements.

185 — Petit monument-applique en bois noir avec colonnettes et pilastres en ivoire, décoré de trois bas-reliefs en ivoire qui représentent : la Crèche, le Baptême de saint Jean et la Résurrection.
Travail moderne.

186 — Tableau vénitien de forme polygonale, en cuivre doré incrusté de corail, avec statuettes, sous des niches, de la Vierge, du Père Éternel

et de deux saints personnages également en
corail. Au pourtour, ornements découpés en
cuivre doré et émaillé blanc avec boutons sail-
lants rapportés en corail. L'attache est formée
d'une tête de chérubin, en corail, dont les ailes
sont en cuivre émaillé. xvie siècle.

187 — Mosaïque de Florence offrant en relief deux
enfants jouant. Cadre en bronze.

188 — Petite mosaïque plate de Florence, représentant deux bergères et un pâtre, exécutée en
jaspes de diverses nuances, en lapis, etc. Cadre
en bronze doré.

189 — Deux mosaïques plates de Florence représentant des grotesques, d'après Callot. Cadre
en bois noir incrusté d'écaille.

190 — Quatre petites tasses et quatre petits pla-
teaux lobés en émail de Canton.

191 — Montre formée d'une tête de mort en cuivre
argenté.

192 — Petit cabinet renfermant des tiroirs, en bois
noir décoré intérieurement et extérieurement

d'émaux, à fonds dorés, décorés de sujets mythologiques encadrés, de rosaces et d'ornements rapportés en cuivre doré.

Travail viennois moderne.

193 — Cabinet japonais en laque, écaille et ivoire laqués.

194 — Brûle-parfum quadrangulaire, à deux anses dragons et à couvercle orné d'un dragon. Bronze de la Chine sur socle en bois sculpté.

195 — Rondache persane garnie de six bossettes saillantes en fer gravé et doré.

196 — Rondache analogue, mais plus petite.

197 — Plat rond laqué du Japon, offrant en relief un poisson. Cadre en bois noir et or.

198 — Petit cabinet en laque du Japon, avec parties d'ivoire.

MEUBLES

199 — Table du temps de Louis XIV, en marqueterie des trois parties, écaille rouge, étain et

cuivre ; elle repose sur des pieds à pans avec bases et chapiteaux en bois sculpté et doré, reliés par une entretoise.

200 — Régulateur en marqueterie d'écaille, étain et cuivre sur bois, garni de quelques ornements en bronze. XVIIIe siècle.

201 — Table de milieu, à contours, en marqueterie de bois à fleurs et garnie d'ornements en bronze.

202 — Pendule-applique et son socle-support en marqueterie de cuivre et écaille avec quatre colonnettes aux angles et surmonté d'une urne en bronze. XVIIIe siècle.

203 — Petite pendule de style Louis XIV, en bois de placage et bronze.

204 — Deux cabinets en laque de la Chine, à fond noir et décor d'or, garnis d'ornements en cuivre gravé et découpé. Iis ferment à deux portes et renferment des tiroirs.

205 — Très grand meuble en bois noir et écaille, incrusté de filets d'ivoire et enrichi de rinceaux en ivoire sculpté en bas-relief. Les deux portes

sont ornées de deux bas-reliefs cintrés en
ivoire : le triomphe de Bacchus et le triomphe
de Neptune. Dans le haut est un enfant, en
ronde bosse, assis, couronné et tenant des
festons de fleurs. Les trois montants du meuble
sont ornés de cariatides en bois noir et or,
et retombées de fruits en ivoire sculpté. Il repose
sur une table-console de même travail, sup-
portée par deux satyres accroupis, exécutés en
bois noir et ivoire,

Travail italien moderne.

206 — Meuble à deux corps, en bois noir, incrusté
d'ivoire, le bas et le haut fermant à une porte
vitrée.

Travail italien.

207 — Grand bureau en bois de placage incrusté
de rinceaux en bois clair avec abattant, com-
partiments et tiroirs.

Travail du temps de la Restauration.

208 — Petite table à ouvrage en marqueterie de
bois, le dessus à bouquets de fleurs.

209 — Guéridon rond en marqueterie de bois, à

dessins géométriques, sur pied à triple console en bois sculpté, à fleurs et ornements.

210 — Glace biseautée dans un cadre italien, en bois sculpté et doré, à feuilles enroulées.

211 — Table de milieu en bois de placage garni de bronzes; le dessus est formé d'une ancienne mosaïque de Florence, composée d'un paysage, d'animaux et d'oiseaux, et exécutée en jaspes et marbres de diverses nuances.

212 — Deux meubles fermant à deux portes en marqueterie de bois rose et à médaillons, corbeilles de fleurs et insectes en couleurs. Iis sont garnis de quelques ornements de bronze ciselé et doré.

213 — Meuble analogue à ceux qui précèdent, à hauteur d'appui et à dessus de marbre blanc.

214 — Grand meuble à hauteur d'appui en marqueterie de cuivre, écaille, corne verte et ivoire, garni de bronzes. Deux des trois portes sont vitrées; au-dessus des portes, trois tiroirs. Dessus en marbre blanc.

215 — Table à ouvrage, à volets, en marqueterie de bois, garnie de cuivre.

216 — Table dont le dessus est formé d'un jeu de marelle, sur pied en bois sculpté, à ornements.

217 — Petite table de forme contournée, en marqueterie des trois parties, garnie de bronzes et à quatre pieds reliés par un entrejambes en X.

218 — Table de milieu, en bois de placage, incrustée de plaques de porcelaines à fond bleu turquoise et garnie de bronzes.